Best Time

白马时光

在现代城市生活的喧嚣之外，
我们该如何找到内心的和平？

〔瑞典〕艾克瑟·林登——著　马学燕——译

我的牧羊日记

百花洲文艺出版社

Counting
Sheep

引 / 言

Introduction

时至今日，回想起住在斯德哥尔摩的生活，虽只过去了数年光景，却有恍如隔世之感。当初搬到父母的乡下农场，本想做一个项目，获得一些与众不同的经历，或者干脆享受一个悠长的假期。那时，我在大学里教授文学研究。我的几位同事博士毕业后，获得了一笔拨款，正巧可以花几年时间出国考察或做类似的科研工作。

当时，我们就已经意识到，人类社会的发展前景不容乐观：环境危机即将爆发，生态灾难步步逼近。如果有一天，你打开水龙头，却没有水流出来，你插上插座，却没有电，你站在取款机前，却取不出钱……如果这一切都变成了现实，人类将何去何从？我开始思忖全球资源流动模式，我深知这个世界是不公平的，却没有真正考虑过富裕和贫穷生活之间的直接联系。于是，我仓促地下了结论：如果我们想要应对气候危机，如果我们期盼一个更公平的世界，如果我们希望当现代文明的大厦轰然倒塌时，我们尚能有食果腹，有衣蔽体，唯一的解决之道便是退隐乡间，去田间劳作，去林间砍柴，去沃野牧羊。

对当时的我来说，这有些异想天开。我住在公寓里，乘车上下班。我能做到的，也只不过是参加几次政治会议，去几趟素食餐厅。我们也曾热血沸腾，想要真正地有所作为，但能想到的最有意义的事情不过是写一篇论文或创建一个脸书小组。我和同事们自诩没有为经济增长和过度消费推波助澜，而细细想来，自己的工资却尽数花在奢侈品和吃喝玩乐上了。

然而，在灵魂深处，总有一种信念在吸引着我，它若隐若现，却充满力量。我想要出去，走向外面的世界。在斯德哥尔摩，我就像一只家猫，整日慵懒地蜷缩在室内，我需要的一切都装在各种包裹和箱子里，伸手可及。我被安逸驯服，安于现状，得过且过。不知有多久不曾置身于真实的天地，不曾知晓外界的风云变幻。直到有一天，我不再犹豫，我要走出去，去直面风霜雨雪，去经受磨砺，去摸爬滚打。

那是再寻常不过的一天。我去市中心的另一边接上幼儿园的孩子们回家。跟往常一样，早晨上学和下午放学，都要在地铁上辗转四十分钟，孩子们被折腾得筋疲力尽，却只能忍受着地铁的轰鸣，躺在过道的地板上昏昏欲睡。我望着那一张张仿佛已被城市生活耗尽了活力的稚嫩面庞，默默地决定：我们不属于这里，我们要走出去。

冥冥之中似有天意。在我们想要逃离都市的时候，我父母正想离开他们的农场。那个农场堪称住宅、菜园、围场和农业建筑的完美结合体。二十世纪初，农庄是一个微型封建社会。除了农用建筑外，还有为农场上的工人们建造的住房。随着农业部门的改组，封建领主变成了小商人，住宅归房屋协会管理，巨大牛棚和宏伟的圆形谷仓（一种特殊的建筑，看起来像莎士比亚环形剧场和异教徒的大教堂的结合体）已被废弃，成为了历史。

我们计划占据农场的核心部分，把大牧场和牛棚租出去。我们接管了一些房屋的租赁权，在使用高科技和燃油的现代化农场中，开辟了一个原始的小规模农业的绿洲。

所有城里的朋友，那些曾和我一起在地铁上奔波的伙伴，都坚信我们很快就会打道回府。但为时已晚，如今，我们已经是地地道道的乡下牧羊人了。住在斯德哥尔摩的时候，我的母亲受够了城里的浮躁和喧嚣，她常说：“这对孩子们可没什么好处。”而我常常不以为然地翻翻白眼，觉得她是个老古董。而如今，我已经成了她的坚挺支持者，我常说：“何止对孩子们，对任何人都没有好处！”

来农场的第一年，夏末一个温暖的夜晚，我和妻子的目光越过篱笆，投向无垠的旷野。我们整天都忙着收割各种根菜，单这一季的收成就足够养活全家人一整年了。忽然，一台联合收割机映入眼帘，它巨大前灯的光束扫过远处的田野，轰鸣声越来越响，向我们驶来，轻蔑地从我们身边掠过。我们意识到，每一分钟，它都会吞下数千人的口粮。

“这就是世界末日。”我喃喃地说。

Counting
Sheep

Counting Sheep

我 的 牧 羊 日 记

7月3日

咩！只闻其声，不见其影，但我知道，他们就在那里。日复一日，羊儿在灌木丛里消磨掉大部分时光。生活一成不变，一只羊的一生，便是一群羊的一生。我不由得想起了评论家霍拉斯·恩格道尔[1]。几年前，我崇拜过他，也许还算不上崇拜，至少我对他这类人很感兴趣。有人说，他似乎害怕自己形单影只、默默无闻地老去。无稽之谈！那些害怕独处的人也许从未得到过真正的陪伴，而那些害怕自己无足轻重的人……呸！

①霍拉斯·恩格道尔：瑞典作家、文学批评家、教授。

7月5日

母羊们一字排开，闲卧在花园旁边，看上去并没有那么多，本该有十二只，还有十六只羊羔，但凑近了看更像是……九只。这些羊儿看上去悠闲自在，心满意足。他们喜欢躺在一个小斜坡上向下张望，就好像他们能瞧出个子丑寅卯来似的。

7月10日

牧场里，几条小路若隐若现，羊儿们首尾相接排成一队，这样就不会践踏草地。我可想不出这么妙的主意！

7月13日

赤日炎炎，羊儿们优哉游哉地躺在大橡树的树荫下乘凉。尽管他们身披厚厚的羊毛，却不会感受到酷热，据说他们的祖先曾在沙漠里生活过。田地里有一个牧场泵，已经有些年头了。动物们可以用这个泵从井里自助抽水，他们只要把水槽上的盖子踢开，泵的机械装置就会启动。水泵其实是给奶牛用的，羊儿中只有一只老母羊抽出过水，而且是在她发脾气踢到水槽盖的时候做到的。我过去抽了几升水，足够我的羊儿们喝了。

8月1日

每天，我们都要去看看羊儿。夏季，羊儿们能自力更生，只要看看他们是否还活着，水是否够喝就行了。我们几个牧羊人有意分工合作且已经更换了好几套方案。羊儿还是那群羊儿，牧羊人却来了又走了。其中有一个方案需要我们记下工作时间，比如“实地检查一次，十分钟”。事实证明，这个办法非但行不通，还降低了工作的乐趣。与羊儿们相伴的日子里，我收获了诸多快乐，以至有时候，我甚至会忘记这是一份需要担负责任的工作。我隐约感到，不是我在养着羊儿，而是羊儿们在守护着我。

8月11日

我在牧场里漫步，一切如常。一只母羊站在离羊群稍远的地方。她的视线在我身上停留了片刻，转而投向远方，咩咩地叫了几声。我不解其意，或许，她也一样。

8月18日

公羊已经成年，难免对母羊有觊觎之心。于是，我们把他们单独分成一群。然而，年轻气盛的他们并不肯善罢甘休，又生出了逃跑的念头。最近几个星期，他们几乎每天都伺机溜出牧场，这两天更是变本加厉，仿佛我一转身的工夫，他们就溜之大吉了，我得弄明白他们耍的什么花招。于是，今天我在离羊群不远的地方装作漫不经心地溜达着，尽量不引起他们的注意。很快，我看到两三只羊儿率先跳过栅栏企图逃跑。我当机立断，抓住他们的角，拖进圆形谷仓，打算让他们在那里闭门思过。我们在谷仓里放了些干草给他们吃。这一招果然震慑到了其他公羊，至少现在看来，他们暂时断了逃跑的念头。

8月19日

今天，被禁闭在谷仓里的羊儿看上去一副心平气和的样子。于是，我试探着先把一只放了出去，看看他是否吸取了教训，但他竟毫不犹豫地逃之夭夭了。我把逃犯抓回谷仓，又放了另一只出去，这只乖乖地待在羊群里。最后，两只顽固不化的羊儿继续被禁足在谷仓里，他们这种生命不息逃跑不止的个性注定了被宰杀的命运，我们总不能白白养他们一个冬天。

8月20日

我走进谷仓去看那两个桀骜不驯的家伙，他们毫不示弱地回瞪我。我暗想，你们怕是在劫难逃了。我扔给他们一些干草，顺便看了看其他羊儿。森林牧场上，蓟随处可见，为了把公羊引诱出来，我只好用颗粒饲料做诱饵。在美食的诱惑下，他们很快就学会对饲料桶紧追不舍，那时候，你引导他们就容易多了。接下来，我修补了离谷仓最近的那块牧地。并没有大动干戈，只是做了点日常小修整。正如人到中年，不能再横冲直撞了，保守起见，还是循序渐进的好。打开通往林间牧场的大门，母羊就可以漫步进入这两个牧场。

8月23日

母羊也开始出逃了。今天早上，她们跑出去了，好在把她们赶回来不用费多大劲儿。你知道她们从哪里出去的，只要你在后面赶，她们就会顺从地钻过栅栏上的洞原路回家。我猜，她们本想乖乖待在牧场上的家里，只是每当看到可以逃离的出口，就无法抵抗来自外面世界的诱惑，我深深地理解这种感觉，悲悯之情油然而生。原来，逃离的本能，并非人类独有。

8月24日

今天，母羊顺利回来了。这次，栅栏上的洞没有上次那么大。为了防止羊儿逃跑，我在林间牧场上的绵羊隔离网中安装了一个电子栅栏，但收效甚微。后来我把电子栅栏放到萨姆的牧场那边，打开电源，这次总算是行之有效了。刚开始养羊的那一年，我们请人教了我们一些杂事，比如剪羊毛什么的。我们问他，羊儿能否习惯一次次被剪毛，他说，其实羊儿只关心三件事：吃喝、交配和逃跑，至于其他的事情，他们一向随遇而安。他说得很对。所有的母羊都发现了那个小小的洞，但她们最终还是原路返回了。

8月25日

我想，羊儿想要逃跑的冲动大约是天性使然，他们习惯不停地游走，以便找到更鲜美的草场。牧场上的羊圈最好能常常迁移，这样，任何一处的草都不会长得过高，牧场就会得到更充分的利用。俗话说得好：“下个礼拜日的教堂钟声敲响前，一定要把你的羊儿迁。”[1]

①提醒牧羊人至少一周转换一次牧场。

8月28日

农场新来的姑娘对羊儿动了恻隐之心。她在我们的消息群中留言："我手捧着豌豆去喂羊儿，领头的公羊温顺地吃掉了，还亲切地在我脸上嗅了嗅。真不忍心看着他被杀掉，留着他当种羊好吗？"我回复说："果然不出所料！你对他们动感情了。在生活中，无论是对人还是对动物，都不要轻易动感情，这样才不会为情所困。况且，母羊的儿子或侄子不能用来交配，否则后代可能会斜视和智商低，我是说，低上加低。"

我记得，在这之前，她曾写道（写得真不错）："今天，那两只桀骜不驯的羊儿走完了生命的一个轮回。我们每人准备了一杯蓝莓酒，然后把羊儿从食品储藏室里牵出来，在苹果酒压榨室里宰杀。我们得到了两块上好的菲力、八块肉排、四块颈脊肉，还有要磨碎做馅的边角料。后来我煎了菲力做正餐，通过按摩让迷迭香和大蒜的香气渗入肉中。这是我吃过的最美味的食物之一，这种感觉简直如同宗教体验一般神奇而美妙。”

8月30日

今天，我没为那些毛茸茸的小家伙做什么。但我没忘了他们。我检查了母羊的水，还与羊儿厮混了一会儿，让他们习惯与人接触。无论是与人交往还是与羊儿相处，若不时常维护，彼此间的信任就会逐渐消失殆尽。

8月31日

新留言："我躺着休息，可房间下面的羊儿没完没了地叫着，还不停地走来走去，吵得我心烦意乱。我昨天从商品目录中选了几把刀，今天就下订单。"

一念之差，爱便成杀戮。

9月4日

又是平静无事的一天。我看着羊儿们，思绪已经飘远。恍惚中，我仿佛走进了《断背山》[①]。

①《断背山》：一部美国电影，其中有很多牧羊的唯美镜头。

9月5日

渐渐地，我理解了农业心理学的一些东西。例如，我认为自然景观中，像天气、颜色或其他特质与美学无关。就像天气无所谓好坏，那不过是你需要面对的自然现象。天气晴好，就检查水是否结冰；狂风大作，就一定要确保大门固定在墙上；若是下雨，就穿上防雨的衣服；当树叶变黄，就该储备过冬饲料了。但我猜想，这一切该是蕴含着某种内在之美吧。

9月9日

今天，母羊们跑到院子里迎接我。虽然惹人爱，但总还是不妥。我把她们赶了回去，并修好了栅栏。

9月15日

今天，我病倒了。如果羊儿们趁机逃跑了，那他们现在很可能就在农场里自由自在地撒欢呢。水检查过了。

9月17日

我昨天一整天都躺在床上，妻子说我需要休养。但我还是溜出去把栅栏稍微修理了下，把它固定在谷仓和大门之间。我想要转移公羊，但没有成功。我给母羊蓄了一些水。

9月21日

病毒并不肯轻易放过我。公羊不肯跟着桶走。母羊进入谷仓之前，应该加长栅栏，但我没有力气去做。还好他们有水。花园的围墙上有一个洞该补补了。

9月22日

我得了肺炎。我只能远远地看看母羊。至于公羊，我只能祈祷他们好好的。

9月26日

我感觉好些了。今天早上去看了看公羊，他们很好。母羊也是。公羊还有一块舔盐，母羊需要块新的。

9月27日

牧场的状况越来越糟，该好好考虑牧场轮转的事了。这个夏天，母羊没能定期搬家，否则现在她们就会有更多的东西可吃。

我曾规划过，把牧场分为几块。棚子后面有两公顷好牧场，可以分成三个羊圈。在院子周围和路边的树林里有几块小牧场，这两块地合起来又占了两公顷。但是怎样轮换并没有一定之规。关键是要找到轮换时栅栏能固定在一起的羊圈。有个经验法则可以用来计算需要多少牧场，好像是每五只母羊需要一公顷牧场，我记不清了，况且我也不觉得那有多准确。我们的牧场面积够大，我知道这一点就行了。

10月1日

离开了机器和燃油，养羊会困难重重，甚至是不可能做到的。尽管当地球上的燃油耗尽的那一天，羊儿可能会比牧羊人有更强的生存能力。很长一段时间以来，我一直在想办法安装几根栅栏柱。这是一段石质的坚硬地面，碎石路面可能是为了给拖拉机车轮提供更好的抓地力而铺设在那里的。羊儿很喜欢从这里逃走，柱子总是被弄得歪歪扭扭。以往，把柱子往下再插10英寸（约25厘米）左右是不可能的，但今天，问题突然迎刃而解。我开动拖拉机，用铲叉在地上挖了几个深洞。现在，柱子牢牢地固定住了，坚如磐石。

10月2日

我总算修好了棚子旁边的栅栏，忍不住像阿斯特里德·林德格伦①书中可怕的罗娜一样，痛痛快快地大吼了几声。大功告成！这感觉真是太棒了！我希望没有真正的农民听到我的话。最好没人听见我说的话。我只希望羊儿听到了我的声音，他们也许正需要动动脑子。他们的表现不错，但整天只是四处游荡肯定有点无聊。想象一下，如果你只需要考虑最基本的生存需求，我饿不饿？渴不渴？冷不冷？你会发疯的。又或者——你的内心会获得纯粹的平静。

①阿斯特里德·林德格伦：瑞典著名儿童文学女作家。

10月3日

查看过公羊后，我打开了有水槽的谷仓的门。把母羊们赶到花园里去了。通往树林的栅栏门也开着。院子对面的角落里有很多三叶草，希望小羊们把自己吃胖一点。

10月10日

今天，我和一个西班牙人一起在地里干活儿。他一直喋喋不休，母羊们对他怒目而视。我则不胜其烦，不小心把屠宰场的绞盘弄坏了。

10月11日

今天早上，羊毛剪得很顺利。第一次，我感觉一切尽在掌握之中。学习剪羊毛的过程称得上是一部漫长的血泪史，当然，我只负责冒汗，血和泪都是羊儿的。但这一切都是值得的，如今，我很少会弄伤他们了。

10月19日

母羊表现不错。她们溜出去，转悠到秋播的小麦田里。我修栅栏的当儿，任由她们自娱片刻。新鲜的小麦芽对她们有好处。去年，我问了问这块麦田的主人，羊儿的荒唐举动以及吃掉嫩芽的行为是否会影响小麦的产量。“一点不影响！”他揶揄道。

11月2日

当母羊从沉睡（或者是假寐）中醒来，白雪已经覆盖了牧场。她们一直待在谷仓里。昨天，我打开谷仓给她们拿来一点干草。我们的冬季饲料大半是从真正的农民那里买来的青贮饲料，一小部分是我们亲手制备的。我们辛辛苦苦地割草，好不容易才算勉强凑成了一堆。付出多多，收获寥寥。但是，在我们的一生中，不可能百分之百理性地去做每一件事。不管怎样，当第一场雪降临时，我们能够给羊儿们递上一小把干草，那是一种很难用语言表达的满足感。就像是在说：“我们早就料到会有这么一天，天寒地冻，风雪交加，地里什么吃的也没有了，所以几个月前就给你们备好了存粮，这叫未雨绸缪，你们不懂吧？”我望着羊儿们的眼神，不知道那算不算是感激，也许只是淡淡的惊奇：“啊哈，原以为我们只能躺在这里等死，可你瞧，眼前居然还有吃的。”

11月3日

我在群里发了一条消息："瞧瞧咱们的小伙子们，古特，帅气逼人，瞧那身材、毛色、羊角！我喜欢他们。阿菲和布罗尔，选哪个好呢？两个都是灰白色带一点条纹的。知道我在想什么吗？这周正适合交配。当然，我指的是羊儿。"

11月5日

我们带走了布罗尔。他的主人原本是一对老夫妇，住在离我们有12英里（约19公里）远的地方，养了10～15只母羊。如果牧羊人是小规模养殖，在给羊儿取名字的时候，就会更花心思，取的名字自然更夸张。我们曾买过一只用著名的女权主义者的名字命名的公羊。今天，我们最开始想选克拉斯·博格斯特罗姆，但最后决定要幻影侠[1]（很明显，因为他是护花使者）。布罗尔的主人夫妇为人很和善。老太太给我看了她孙子的照片，老先生给我看了羊儿们的照片。我们仔仔细细地聊了各自的家庭成员和熟人圈子，看看有没有什么共同点。我发现，他们跟我姑妈一样，都熟谙某种交往之道，而我还未摸清其中的门道。在乡下，这种技巧把人与人联结在一起，就像脸书一样。不同的是，在网络世界中，你可以离线，而在现实生活中，你却永远无法隐身。我们把布罗尔放进后

①《幻影侠》：好莱坞电影。讲述一名来无影去无踪的超级英雄在虚拟的非洲国度班格拉保护平民百姓的故事。

备厢带回牧场。他走进牧场，一见到母羊，马上就用上了这个社交技能。他四处交头接耳了一阵儿才走开。莫非这真是与生俱来的？

11月15日

快到检验梅迪-维斯纳（MV）病毒[1]的时间了，一切都必须井然有序。今天，我花了很多时间整理农场登记册，结果发现其中两只羊的编号是相同的，都是006。这倒没什么，他们很容易区分，一只是灰色的，一只是深灰色的。但编号怎么会一样呢？我知道羊儿们的能耐挺大的，但要说给对方佩戴耳标，我可不信。

①梅迪-维斯纳（MV）病毒：梅迪-维斯纳病毒会引起梅迪-维斯纳病，该病是成年绵羊的一种接触传染性疾病。

11月16日

我一度以为羊儿不喜欢我们的青贮饲料，但今天他们狼吞虎咽，专心致志。原来他们昨天去花园里待了一段时间。新翻修过的栅栏上有一根柱子倒了，倒下的姿势像是想把自己从地上的洞里拔出来似的。我敲入一块石头，想把它揳紧。我要大显身手了，等着瞧吧，这就是真正的农民……呃，真正的农民会怎么做呢？

11月18日

有人认为乡村生活寂寞难耐，而我却从未感到孤独，我的羊儿一直陪伴着我。你的生活环境是否具有社会性也许并不取决于你的社交频率，而是取决于你与谁为伍：你们是否同声相应，同气相求；你们是否能相互影响，相互渗透。若论人际往来，其实乡村和城市没有多少差别。何况只有在乡下，我才能与羊群为伴。

11月20日

我站在大门前举目远眺，送别造访牧场的又一场雪。田野里的绿意还未完全褪尽。我意识到我们牧场的条件很不错，只是最初没有好好规划。羊越冬用的谷仓靠近最大的一块牧场。门常常开着，羊儿们可以随时过去吃冬饲料。这个办法简单巧妙，毕竟，有谁比羊儿们更清楚牧场上的草好不好吃呢？

11月24日

今天早上，我关掉了一个夏季牧场的水阀，这样，水泵就不会冻裂了。在气温降到零下之前，我必须记得要把斜坡上和圆形谷仓附近的水也关掉。

12月2日

有时，就像今天这样，要想从大捆的青贮饲料里抽出一些来，堪比拔丁抽楔。草像是死死地粘在一起一样。我死命地又拉又拽，累得大汗淋漓，怒不可遏。我们曾想过集体协作，但显然并不是每个人都有合作精神。我气呼呼地想，只有我什么活都得干。我很少生气，但每当我忙得无暇喘息，胸中便有无名之火喷涌而出。就当是在净化心灵吧。

12月12日

最近与羊儿待在一起的时间少了些。我走进圆形谷仓，轻轻踢了一下青贮饲料，站在门口向外看。他们常常会出去找牧场吃草。年终已至，牧场上很难找到吃的，但最后一捆饲料却消耗得很慢。我很想知道，他们看到我的时候叫得更急切，是不是在向我讨食吃。虽然他们不能准确表达每时每刻的想法，比如我——还——没——吃饱，再——给我——点——吃的。但是，他们身上或许还遗留着流传了几个世纪的与人类沟通的本能。现在，他们叫得更起劲儿了。我晚上给他们留了灯，这样，天黑的时候，他们就能进去，不假思索地慢慢咀嚼最后一点青贮饲料。

12月13日

给羊儿拿来一捆新饲料。第一捆吃了将近三周。拖拉机出了点故障，我自己动手换了散热器。我想，学点东西总是好的。但等下次散热器坏了的时候，我可能已经忘记怎么修了。在我存放饲料捆时，弄坏了羊圈的栅栏，所以还得抽空修理下。这倒是小事一桩，但这使我想到，我们应该调整现有资源，使之更适合我们的小规模养殖。例如，用更小捆的饲料。我的一个孩子慢慢跟布罗尔混熟了。于是，最近一周来，布罗尔有点恃宠而骄了。很快你就会发现，我的大部分时间都是远远地观察他们，而不是在牧场里与他们厮混在一起。

12月16日

前几天，卡车运来了一些新的羊圈隔离网。有点想修栅栏了。

12月17日

今天去看了一眼羊儿。我走进圆形谷仓，脚步声窸窣作响。羊儿们纷纷向我围拢来，心不在焉地轻声叫着。我走过去，把青贮饲料戳散，让他们更容易吃到。他们有点疑惑地看着我。我想：我们之间有交情了。他们已经不再去萨姆的农场了，但经常去林间牧场。不知道他们去吃草主要是习惯使然，还是因为霜冻的牧草比饲料更好吃。有一只羊儿看上去有点不对劲儿，步伐迟缓，但又不像是哪里痛，或许是心情不好？

12月18日

我咨询了兽医，她让我先观察看看，如果母羊发烧且病情又没有好转的话，就应该屠宰并妥善处理。我现在该给她量量体温了。

12月18日（晚）

她的体温不过华氏103度（约39摄氏度），对羊儿来说，这是正常体温。她在吃干草和颗粒饲料，但总是懒懒地躺着。我真不知道她还能活多久，只能走一步看一步了。

12月20日

饲料又吃完了一捆，最近羊儿胃口不错。拖拉机我操作得更得心应手了。栏杆又被撞坏了，吱吱作响，但还能凑合着用。布罗尔经常头一个出来，但我觉得他不是领头羊，而是最蠢的那个，当羊儿们摸不清状况的时候，就让他先出来打探虚实。揣度羊儿的小心思，感受羊儿和人类思维的神奇碰撞，真可谓其乐无穷。当公羊有机会和母羊独处的时候，就像布罗尔现在这样，公羊总是主动出击，凑到母羊身边嗅来嗅去；当你把羊群赶在前面的时候，公羊就会故意落在队伍后面，为的是离你更近些。他喜欢蹭在你身边，让你用手轻轻挠他的背和喉咙。自然而然，你与他日渐亲近，一起玩耍，一起嬉闹，允许他黏着你。甚至，当你唤他的名字时，他就会跑向你。只要有点耐心，你甚至可以让羊儿充当宠物狗的角色。只可惜，这样的相处固然美好，却注定是短暂的。农场上，同样的故事每天都在上演：你养了几只羊儿，你对他们的感情与日俱增，每当聊起他们，就像谈论自己的家人一样。而终有一天，尽管满怀内疚和不舍，你还是不得不宰杀或卖掉他们。在公羊与牧羊人的相处中，总有那么一个临界点，到了这个点以后，对于怎样继续维持亲密关系，公羊显得无所适从，他们开始用角顶撞你。有人说，这是因为公羊分辨不出友谊和竞争，会把两者混为一谈。我和我们的第一只公羊幻影侠就经历过这样的时刻。我们曾经搂搂抱抱，亲密得像新婚夫妇一样，直到有一天，他突然用角狠狠地顶了我的大腿。有人给我出了一个馊主意，说我应该制服他，把他放倒在地，这样他才能懂得分寸，不至僭越。后来我才知道，从长远来看，一只公羊只能识别两种生存模式：要么称王称霸，要么俯首听令。第一次，幻影侠似乎接受了自己的地位，对我恭敬顺从。但是，后来他又撞了我一次，我把他撂倒了。三天后，故伎重演，于是，三十秒后，一切都结束了，我们不再是朋友了。我与他日渐疏离，照料羊儿仿佛也变得困难了。这听起来糟透了。但当他的宿命来临，我必须对他持刀相向的时候，却恰恰是这种疏离感给了我更多的解脱。冥冥之中，仿佛有一种神奇的力量，也许是进化、羊神、巧合或其他超自然的力量，在导演着这一切。公羊们不懂得维系亲密关系，也许并不是坏事，否则，我们就永远不忍杀掉他们，那么从一开始，我们就不会懂得珍惜，也不会好好照顾他们。

12月22日

生病的母羊似乎有日渐好转的迹象，她和同伴们在一起吃草，她叫195。用数字取名可能少了点人情味儿，但这就够了。我们最关注的是羊群这个集体，而不是个体。我们只给种羊认真取名，但不是因为他们更值得尊敬，而是因为他们当前都有自己独特的使命。

12月28日

牧羊人传统的冬牧生活又开始了。年年如是。水结冰了。我把水壶拿下来。不幸的是，我今天没办法让水流出来了。零下20摄氏度，水管里的水冻住了。看来今晚我得把浴盆搬出去给他们供水了。也许该准备一捆新干草了。

1月6日

我们把新干草捆放在羊圈里。干草既可以当床，又可以当食物。我觉得稻草是垃圾食品。我在拆旧栅栏的时候，向真正的养牛农民请教过，学到了收割干草时必须考虑的问题。他养奶牛，所以需要营养丰富的饲料喂养。而我们的“生产”活动主要在夏季，正是羊羔长身体的时候，所以只能自然放牧。

冬天，母羊们都怀着羊羔，我们应该精心准备过冬的饲料。只要她们能吃饱，我们就很高兴。想要弄清楚你该怎么做并不容易，这取决于你是想最大限度地提高生产率，还是尽可能地降低成本。无所谓对错，你必须自己拿主意。我的决定是：再给他们一捆新饲料。上一捆十天就吃完了，羊儿正是靠着它，才熬过了没有干草可吃的严寒期。

1月8日

昨天修了栅栏。按照农业指南的说法，现在并不是修栅栏的好时机，但我们从来就不喜欢照本宣科。隔离网上的立柱让羊儿们胆战心惊，他们警惕地看着它，躲得远远的。新的青贮饲料大不一样了，又湿润又有营养，羊儿们大快朵颐。我把锯子修好了，可以用它来把栅栏桩削尖。手上还有几件事要处理。我把栅栏的一小段接通了电源，想试试看，只用电栅栏不用隔离网是否可行，结果很满意。在白色谷仓里挂上这个装置是件麻烦事，但从长远来看，这对防止羊儿逃跑功不可没。

1 月 12 日

羊儿现在吃的饲料蛋白质含量也许更高，但他们好像越来越不爱吃干草了。又下雪了，修栅栏的活儿更不好干了。我把剩下的隔离网立柱放在红谷仓的山墙旁。下一步是修好向温室延伸的部分。树林附近小农场旁边一棵大橡树的几根枝条被风刮断了，我可以用它们来做许多栅栏桩。

1月15日

突然想起，今天该去探望母羊了。全白混血羊又壮又肥，臀部以上几乎摸不到任何骨头。布罗尔有点虚弱，195瘦得恰到好处，虽然还不够健壮，但总比被杀了好。接下来几天，我会逐只检查所有的母羊，再给那几只瘦弱的羊儿偷偷加餐。而加餐也要讲究策略，伺机而动。最好的时机就是当195独自在谷仓里，其他羊儿都在室外的时候。如果我现在就把颗粒饲料拿来，肯定瞬间就被那些强壮的羊儿一扫而光。

1月16日

今天又查看了几只母羊。赫尔辛基羊要比混种羊瘦一点。现在，圆形谷仓里有合适的照明设备，给我和羊儿增加了很多便利。我直到下午五点才去谷仓那里。外面很黑，不是所有的羊儿都在谷仓里。我只看到十九只，本该有二十二只。

1月17日

又查看了几只母羊，她们又肥又壮。

1月18日

给羊儿们拿来一捆新饲料，他们看上去饥肠辘辘，早早守在食料架旁等着我。我毫无意外地把饲料放好，没出什么岔子。成功的重要理念：别着急，慢慢来，不断总结经验，坚持不懈地把同一件事做好。换句话说，做一个称职的农民。或者，把事情做对就不错了。

1月26日

羊儿们似乎也是爱雪的。下雪的日子，他们在谷仓附近闲逛，看上去跟待在谷仓里一样开心。有一两次，我看到他们朝树林里走去。当我走进谷仓时，他们就会尾随进来。羊儿会先挑最好的青贮饲料来吃，当我拿来新饲料时，他们都争先恐后地挤过来。几只母羊总是落在羊群的后面，最后才吃到饲料。其实地方够大，足够二十只羊同时进餐。但是为了抢食，他们会拼命排挤同伴们，五只羊就霸占了整个食槽。

2月1日

我已经检查完所有母羊的状况了。有四五只有点瘦，包括195。两周后，我会再检查一次，如果还是老样子，就得想法子帮帮她们。

2月2日

我知道，养狗的人往往与自己的狗感情至深，亲如家人。不知道其他动物的主人是否也如此。我并不会与某只羊特别亲近，而是与养羊的整套流程紧密相连。我不与人约见，也不做各种计划——我只管埋头去干。养羊是一件需要长期坚守的事情，而不仅仅是一种爱好。一年四季，每个日日夜夜，我都必须细心照料羊儿们。你肩负着重大责任，却不知道会得到什么回报。肉？羊毛？回报便是更多的责任。你不需要考虑自己的人生是否已够充实，因为你不得不站在200码（约183米）外的田野里沉思，完全地——我是说，真真正正、彻彻底底地——忘记那些虚荣。

2月6日

我收藏了一些旧管子。真正的水管工会把它们当作垃圾看都不看一眼，但对我来说，它们常常能物尽其用。当我需要用什么而手边没有的时候，就把它们拿出来鼓捣鼓捣凑合着用。饲料槽漏了，必须换一个接头。我没有，便拿了一根奇怪的弯管子，看起来像是哪个餐厅厨房里废弃的，居然也派上了用场。

2月9日

我在读一些文章，讲的是气候变化以及地球上日益恶化的生命前景。想象一下，如果这就是我们这个星球的宿命，那我们该如何应对？也许我的羊儿也像我这般忧心忡忡。我想，如果有羊儿，生活就能继续下去。许多年前，人们只要有羊就够了，羊儿为我们提供所有的生活必需品：食物、温暖、衣服、玩具。而如今，一切都依赖从中国进口。

2月11日

最近，我和羊儿相处不多，却跟烦恼朝夕相伴。去年冬天的最后几个星期，在牧场启用之前，我把羊儿整天关在谷仓里，这样他们就不会把牧草耗光。

我把这称作闭关。至于今年该怎么做，我还一筹莫展。

2月16日

星期六，我又查看了那几只瘦弱的羊儿。除了195依然瘦骨嶙峋，另外四只都略见丰腴。她们能有这样可喜的进步，也许是因为最后两包饲料的蛋白质含量更高，也许是因为我每天都把饲料撒得更合理，还巧妙地在羊圈中间放了一丛灌木，这样，就不再会有羊儿被排挤在外，只能等着吃残羹剩饭了。

2月17日

我在谷仓的屋顶干活儿，居高临下地看了看羊儿们，只见他们在饲料旁边互相推搡，布罗尔和一只母羊正在用头顶撞对方。这种事很容易对付。我不需要了解与羊儿的相处之道，不必费心激励他们，心灵鸡汤和励志演讲对他们来说毫无意义。反正他们每天无所事事，除非反刍也算是一种职业。

3月2日

羊儿们突然胃口大增。我的孩子们跟他们玩了一会儿。昨天，羊儿们越狱两次。嗯，说“越狱”有点夸张。他们只是站在那里，目不转睛，一副茫然忘我的神情。第一次，边境牧羊犬自作主张地把他们赶了回来。它不问理由，想做就做了。第二次，我亲自把他们赶回来，有点焦虑，又有点疑惑，他们从哪儿钻出去的呢？看来该修理栅栏了……

3月5日

我一直在想，我们和羊儿之间究竟是一种什么样的关系？其实，我们每天面对面待在一起的时间并不多。但是，照顾有血有肉的生命，仅仅与他们待在一起是远远不够的，还有大量的幕后工作要做，包括修栅栏、冬季喂食、清理粪便和供水。据说，自被驯化以来，绵羊已与人类相伴了一万一千年。我们望着彼此，羊儿和我仿佛站在历史的井边，望向那深不可测的所在，我们看到了层出不穷的经历、问题、可能性，看到了忧虑和快乐之源——跨越那不可思议的广袤时空，我们望见了生命的所有维度。

3月10日

羊蹄也需要精心护理。很多文献中都谈到过这个问题，这并非小题大做。网上和书中都有很多关于如何修剪羊蹄的内容。学者们把护蹄当作所谓隐性知识的一个范例（已经有人撰写过这方面的专题论文了）。我不知道为什么这种知识算是隐性的，也许是真的比较冷门吧。但是，难者不会，会者不难。老实说，修剪羊蹄的外围部分并不难。但若想要真正学会，纸上谈兵是远远不够的。为了解释清楚，弥补实操的不足，所有这些书、网站和论文的作者可谓绞尽脑汁，但你终归还是需要亲自动手，这是第一个诀窍。另一个诀窍是试错。护蹄时常见的重大错误有两个，我都已试过。一种错误是该剪的没有剪。我注意到，夏天的时候，连续几周，有几只母羊走路都一瘸一拐的，原来她们的蹄甲已经长得过长了。这自然是我的错，但至少这事让我明白了护蹄的重要性。另一个错误是不该剪的剪掉了。有一次，我把蹄甲连同半个肉垫一起剪了下来。可怜的羊儿流着血，步履蹒跚，好在最终痊愈了。羊儿的血没有白流，现在，我能把蹄子和肉垫区分得一清二楚了。

4月10日

我们的几只母羊刚刚产下小羊羔，我们改叫她们羊妈妈，但她们并不称职，总是把嗷嗷待哺的羊羔推开。无奈之下，每次喂奶的时候，我们只好抱住羊妈妈，免得她乱动。起初，我又怨又气，如今却已慢慢接受现实：她们只是绵羊而已。你不能对动物有太高的要求，毕竟他们与人类有着天壤之别。

4月12日

我站在牧场里，守望着母羊。一只母羊刚刚产下小羊。辽阔的牧场就是羊儿的产房，母羊可以自己选择适宜的生产之地。谷仓里逼仄又肮脏，不适合迎接新生命。母羊们可以自己完成整个生产过程。有时，羊羔会夭折，那是自然选择的结果。到目前为止，所有母羊的分娩都很顺利。羊妈妈慈爱地舔着一只羊羔，但另一只却被冷落在一旁。（我们的母羊大多一次生下两只羊羔。）我猜想，也许现在这个时间点正决定了羊妈妈会偏爱哪一只羊羔。不久以后，我就会把小羊羔们抱到谷仓里一个单独的草堆上，那里有干净的稻草和有限的空间。这样，小羊羔就不必跟着母羊走很长的路了。但我不想操之过急，免得母羊误认为这些羊羔不是她的骨肉。你要参与其中，但不能干涉过多。

4月15日

我的孩子们对冬季喂养以及其他的事情都不太感兴趣，但是对于刚出生的小羊羔却满怀热忱。他们叽叽喳喳地忙着讨论谁来喂养那些瘦弱的小羊、给他们取什么名字。这些名字很快就会被遗忘。等到夏末的某一天，他们就会成年，不再是小羊羔了。到时候，公羊会被宰杀，一些母羊则被留下来繁衍后代。到那时，孩子们早已把名字和羊儿抛诸脑后了。世间万事多半如此。

4月17日

羊妈妈只给一只羊羔喂奶，却把另一只推开了。为了让她接纳那只失宠的羊羔，我们独辟蹊径，把羊妈妈关在一处，抱走了她偏爱的那只羊羔。我们想着，如果这一只不见了，她也许就会去亲近另一只。现在，只能暂时愧对抱走的这一只了。我把它抱进房间里，女儿给它包好尿布，放在床上。这看上去爱心满满，但在羊羔看来，离开妈妈来到陌生之地，也许更像一场噩梦。一小时之后，我又把它抱回了羊妈妈身边。

5月7日

小羊的情况很糟。几乎每三只羊羔中就有一只出生时身体虚弱，有些甚至夭折了。情况不妙。不知是感染了病毒，还是吃了变质的饲料，或者是饲料缺乏矿物质（但愿不是）。如果是这样的话，那就是我的错，不是运气不好，不是自然淘汰，是我一个人的错。产羔期持续了大约一个月，现在已接近尾声，我渐渐从压力导致的抑郁中恢复过来。我的抑郁不仅源于悲伤，更是源于羊羔死去的悲剧现实，以及繁重的工作带来的压力：我要用奶瓶给许多羊羔补充营养，还要把他们抱到羊妈妈身边去。

5月16日

寒意袭人。昨夜，气温在冰点徘徊，空中飘着雨。午夜时分，我走了出去，该给小白羊加餐了。我戴着额灯，走到羊儿们中间，他们早已习惯了和我在一起，就那样自在地站着，盯着我看。小家伙在哪里？我看到妈妈的耳标了，可他没跟妈妈在一起。我在羊儿中间走了一圈儿也没找到小白羊。我的心揪了起来。我听到自己哼起一首歌，那一刻，那些缅怀情伤的傻傻的歌词似乎正是为我和羊羔而作。“你在何方？可否与我相见，慰藉我无尽的思念。昨日难重现，时光流逝，一去不还。我愿再回到从前，再次凝视你双眼，我愿再回到从前，再次依偎你身边。”终于，我找到了他，在我泪眼模糊的视线里，他就在那儿，静静地躺着，血从喉咙里流出来。食腐鸟想必已经来过了。

6月1日

羊儿似乎是有集体意识的，在群体中担任什么角色，就会有着相应的个性。例如，有的羊儿负责在栅栏上找洞口，有的羊儿勇敢地保卫着自己和羊群，还有一些则总是站在中间，被其他羊儿保护着。我想，他们在寻找草场的过程中也扮演着不同的角色：有些羊儿好像被派去侦察离群较远的地方。其实，你可以把整群羊看作一个有机体，把每只羊儿看作这个有机体的一个组成部分。也许，在羊儿的眼里，人类社会也并没有多大的不同吧？

6月14日

平日里，我所见到的人常常比我需要见的或者想见的人多，所以，有时难免会疲于应对。相比之下，和羊儿共度的时光，尤其是当我独处的时候，便是可以享受那份宁静、沉思和尊严的惬意时刻。即使我在羊儿中间跑来跑去，忙着赶他们从栅栏处跳回来，或是压倒一只大公羊剪羊毛时，心底也是超脱而安宁的。我认为，这源于我每日与这些鲜活的生命亲密接触，他们永远我行我素，不屈不挠。羊儿代代相传的行为习性，草长、雨落、干旱、寒冷、温暖、食物、粪便，一切自然存在，无关乎我的意志。牧羊人形单影只，却有万物相伴。

7月4日

有一段时间，我们在脸书上创建了一个页面，向世人展示我们的农场生活。我们自己种菜吃，自己动手砍柴，养几只动物，尽量不过于夸张或过于保守（适度是一种美德），发展一种可持续的生活方式。我代表牧羊人和羊儿发表了这样一条心得：“羊儿不会把一块地上的草全部吃光，他们会有选择地吃掉一部分，而不是随心所欲地乱吃一气。这样，牧草就会生生不息。放眼未来，也许只需几年，牧场连带羊儿的生活都会得到改善。这一切归功于他们的克制。如果一个物种只顾满足眼前的贪欲而停止了对未来的思考，那么他们注定会走向衰败。”这段文字下面配了这样一幅图片：加拿大油砂开采，使原来的自然风光面目全非，从前生机盎然的森林、湖泊和草地变成了死气沉沉的黑色砾石沙漠。我认为这种微妙的表达形式特别引人注目，能够直击人心。岂料，只收到寥寥无几的点赞，一条评论也没有。

人们常说，社交媒体的出现让每个人有了被认可的机会。显然，我和羊儿都不在其列。除非改成这样的画面：我们躺在晨雾中长满青草的斜坡上，若有所思，仿佛什么都不必做，仿佛可以超然物外。也许你必须投其所好才能更受欢迎，但是，如果那并不是真实的我们，这样一种虚幻的喜欢又有什么意义呢？

8月8日

我发现，一只母羊走路一瘸一拐的，也许是一个小石子卡在了她的两个脚趾间？我仔细检查了一下，没发现什么异样，没有石子，也没有红肿。我给兽医打电话。他还是那句话：继续观察，不行就杀掉。但一只脚瘸了不是很严重的事吗？兽医淡淡地说，他们有四只脚呢。

8月20日

曾有人问我，羊儿身上有什么味道。我确实不知道，也不曾留意过。也许不同的人，感受也是不同的吧。母羊的乳头旁边有一个腺体，它看起来像一个化脓的伤口，这让你没有兴趣去探求它的气味。既然腺体能吸引新生的羊羔吃奶，我猜是有香味吧。我的家人常说我剪羊毛后，身上会有羊儿的味道。我觉得这气味就像是一件旧毛衣：可以忍受，但还是该洗洗了。

9月1日

我跟在羊儿身后。羊儿们走得很快，几乎是在慢跑。那只跛脚的母羊怎么样了？我已经记不起她的名字了。我把羊儿赶得更快些，病号们体力不支自然会落在后面。这个方法并非万无一失，但也别无他法。

10月17日

宰羊前，要把大门锁旋紧。进展不顺利，我心神不定地折断了一个螺栓。我得买个新的。但我不会放弃。

10月19日

在一场真实的杀戮面前，任何语言文字都是苍白无力的。也许是场面血腥令人作呕，也许是因为人根本无从理解生与死之间的界线。

你要么活着，要么死了。而生与死之间的地带是空的，是虚无的，是反物质的。当你举起手中的刀，在一个生命的生与死之间挥舞，那心悸的感觉恰似乘坐主题公园的过山车：你的整个身体都在尖叫着说不，你的本能在反抗，但你心意已决，你会坚持到底，很好。只不过，当一切尘埃落定，你不会感到狂喜或解脱，那更像是完成一个庄严的仪式后的终结感，有着浓重的忧郁色彩。在屠宰之前，与羊儿相处的岁月是不完整的，屠宰完成的那一刻，和羊儿共度的时光才画上了句号。

10 月 21日

昨天，我把栅栏从牧场延长到了屠宰场。实际上只用了一个半小时，却感觉像一整天那么漫长。

10月22日

我手上有一把螺栓枪，是以前住在农场里的那个人的。我们搬到这里时，他说：“给你吧，我用不着。”我问是什么口径的。“不，不，”他说，“这可是专业工具。”他的助听器电池肯定又没电了。

10 月 24 日

宰杀结束后，我思绪万千。这是我们第一次独立完成整个宰杀过程。以前我们请过一个专业人士，一个好小伙儿，他曾在思科肉类生产公司工作。与其说他教会了我们屠宰，不如说他抚慰了我们的精神。我们曾经选择故意回避，或者假装置身事外，而如今我们终于鼓起勇气面对这一切，直面鲜血和死亡，却不会有心理创伤。十二只死羊就是十二只死去的羊而已。爆弹枪的十二声枪响便是十二个粉碎的头骨，不多不少。有个古老的传统，在屠宰前要畅饮一番，今天的我终于明白，醉翁之意，并不在酒。

10月30日

我查看了腌制中的羊皮。屠宰结束后，要把羊皮立即用盐腌制起来，一周以后再次检查，确定是否需要再加点盐，一定要防止脂肪变质。真正的屠夫非常擅长剥皮，这项工作很棘手，一不小心就会把皮弄破。现在还看不出我们的活儿干得怎样，等到了制革厂就真相大白了，我们拭目以待。

11 月 18 日

我总是不停地思考我正在做的事情。再三考虑之后，又会重新开始。在很多人看来，执念太重。比如我正在做的这件事——写下每天与羊儿在一起的点点滴滴。我会想，读起来应该是怎样的感觉呢？我的大部分工作是孤独乏味的，没有色彩，平淡无奇。那么我的文字是不是也该保持同样的色调呢？

11 月 22 日

查看了羊儿。又湿又冷，还有风。

11 月 22 日（晚）

水管的一个接口漏水了，我去把它拧紧。好冷，还湿漉漉的。

11 月 23 日

青贮饲料变得又湿又重。

11月24日

查看羊儿，一切如常。

11月25日

饲料还是潮乎乎的。

11月26日

查看一遍，未见异常。

11月27日

264好像跛脚了？

11月28日

没有。

11月29日

我猜没有。

1月5日

我浏览了我的笔记，蓦然发觉，这里的生活与最初的想象截然不同。

我不曾料到，我的人生会与这里的一切如此紧密地联结在一起。不仅仅是羊儿们，还有这牧场，这反复无常的天气，气象万千的四季，这草地、树木、灌木、谷仓、栅栏、木板、钉子，所有的一切——简直难以置信。我们刚搬来的时候，曾设想过集体协作、自力更生和可持续生活，可结果却与我们的想象大相径庭，特别是集体协作的事情。（你瞧，事实证明，怀疑论者通常都是对的。）很长一段时间以来，我一直独自照顾羊儿。起初我有些恼火，不是怪别人袖手旁观，而是因为寻常的生活竟有那么强烈的吸引力：做一份普通工作，想走就走，做一些世俗的事情，这一切竟然都比照看羊儿容易得多。而且，我们的生活并不是完全靠养羊儿来维持的。小规模地（也就是说，无利可图）养上几只羊儿满足不了物质需求，而你仍然要对羊儿们负责。正如我姑妈所说，你不能随心所欲，动物们可不能等到你有心情的时候再去照顾它们。而今天，我已学会了不去成为他人的榜样，不在乎他人的希望和期待，我照顾着羊儿，心满意足。羊儿和我一起从失望中走出来，这在我们之间形成了一条无形的纽带，这条纽带连接的不是我和眼前的这些羊儿，因为他们迟早会被宰杀，而是生生不息的羊群及其需求。懂得了这一点，我便不再迁怒于任何人了。

2月15日

不知为何，我又重拾阅读。也许是因为电子栅栏运作良好，羊儿不再逃跑了。冬天的日常活动也更加顺利了。水几乎从不结冰。曾有一段时间，我几乎整天都忙着维修设施——水管里一个可以保持温度的元件。但现在看来，好像你想让它工作多久它就能工作多久。如果有那么一个终极解决方案，让它能永远不用修理会怎样呢？饲料架也不再断裂了。虽然这让我无事可做，却没理由心生抱怨。只是，此刻我只能闲坐在房间里，望着书架发呆。来农场的最初几年里，这些书一直被闲置着，无人问津。它们仿佛成了家具的一部分，就像墙纸中间一个雅致的隔断。我很快找到了回归旧生活轨道的途径。罗兰·巴特[1]说：“我认为，如果你想要完善表达方式（也就是说，准确起见），就不仅要去修改，而且必须用原创的方式修改。”他说的是文学。我在想，它也许适用于每一件

①罗兰·巴特：法国作家、思想家、社会学家、社会评论家和文学评论家。

事。如果你想要获得最真实的体验，你就必须打破常规，不去借鉴以往的经验甚至知识。当你对某件事驾轻就熟的时候，就会觉得兴味索然。同一个笑话连续讲两次，就索然无趣了。我盼着羊儿能带给我更多的惊喜，说不定他们会想出法子攻克电子栅栏？

3月10日

作为一个小农夫，你会对细节和信号越来越敏感。春天将至，在从喂饲料到放牧的过渡期，你必须能够判断出羊儿是否饿了、牧草是否够吃、是否还需要补充新的青贮饲料。一旦你掌握了诀窍，干起活儿来就游刃有余。而想要参透个中奥妙，却需要花几年的时间。当我走近羊儿的时候，听到他们的叫声，观察他们见到我时的反应，就能判断出他们有多饿。

有时，羊儿干脆径直走到通向下一个轮转牧场的大门前。也许，不仅是我能够读懂羊儿发出的信号，而且羊儿也学会了怎样发出这些信号。羊儿与我，我们心有灵犀。

4月3日

羊儿不只是吃青草、干草和青贮饲料，他们简直就是和草融为一体。羊毛里夹杂着稻草，膝盖上有草渍。不知道的，还以为他们的耳朵、眼睛甚至皮肤都能吃草呢！

4月12日

我看过一个为瑞典农民组织拍的广告。日出时分，一个人坐在灿烂的朝晖中，向田野的远处眺望。田野广阔平坦，显露出双向犁驶过的痕迹。他爬上拖拉机，就像一名乘客登上大巴。画外音响起，讲述农民是如何依靠土地为生，也同样关爱着土地的。我发现，这个世界竟然如此荒唐。只要对生态系统的运作略知一二，你就会知道，大规模的农业生产简直就是在把众多动植物推向灭绝。更糟糕的是，这会让土地日渐贫瘠，久而久之，不添加人工肥料，就长不出庄稼，还会造成巨大的能量流失。瑞典的农民技术娴熟、工作勤奋，但他们的所作所为绝不是关爱自然。但同时，我们牧羊人和羊儿也都依赖拥有大型拖拉机的农民。虽然不知道是否可行，但我梦想着可以用人力或是用马来运输冬饲料，那样的话，就还得为马准备一份冬饲料。

4月21日

我希望，年复一年，我们会变得越来越专业（无论这有多大价值）。起码，我们现在有一只牧羊犬，有时还有两只。曾经让我们焦头烂额的许多工作，现在都已经轻而易举了，例如把羊群一分为二，一半迁移到新牧场。可今天又是一片混乱。我们要把母羊和羊羔迁到一个完全陌生的牧场。母羊做了妈妈以后，心态与以前迥然不同了，就好像逃离的本能已经凭空消失了一样，一心想着让整群羊团结在一起。她们心里只有羊羔，根本不听牧羊犬的指挥，甚至还会攻击牧羊犬。没多久，我们只好又把牧羊犬放回拖车上送走了。我们试着用颗粒饲料引诱母羊，可她们不为所动。最终，我们无计可施，只能硬推着她们向前走。

4月22日

我猜，偷羊贼是狐狸。昨天，我们把羊儿迁到了离农场有点远的地方，在主林地的边上。其中一只羊羔还没有被妈妈完全接纳，不时地还需要奶瓶补充喂养。早上，我们带着奶瓶去喂他的时候，他没有向我们跑过来，他不见了。我去向邻居打听，他酷爱打猎，他说一只狐狸一个春天能捉10～15只羊羔，在英国，这个问题很严重，你必须尽力消灭狐狸。他还说他的朋友有一只可以“清理”巢穴的猎犬……我半信半疑，打断了他的滔滔不绝，但还是忍不住溜到树林边趴下，拿着步枪等着。

我从来没有打过狐狸，我曾经看到过一只，但犹豫了太久没有动手，错过了机会。我不喜欢打猎。我趴在那里盯了一小时，直到周围一片漆黑。我回到羊儿那里，只见他们摆出了战斗队形。十八只母羊和三十七只羊羔挤在约250平方英尺（约

23平方米）的地方，母羊在外圈守护着中间的羊羔。他们大概会平安无事吧。

4月30日

我不用每天去看羊儿了。农场上来了新人，工作热情高涨。这些天来，是他在照看羊儿，清点数量，看他们长了多少，看他们在哪里吃草，看他们跳上了哪块石头，琢磨他们的情绪。我怅然若失，心里空荡荡的。人们会想当然地认为，被照料动物的责任束缚着是件恼人的事儿，一天不落地工作会让人倍感压力，难以自由自在。事实上，恰恰相反。此刻我坐在厨房里，呆呆地望着天空，既不自由，也不自在。

5月2日

我不是一个虚荣的人，但当我剪羊毛的时候，就好像很想炫技一样。每当剪毛季来临，总会反复讨论，做各种计划，弄得尽人皆知。剪羊毛的姑娘们来了，邻居们看热闹来了，连孩子们也来“帮忙”了，简直像镇上的集市一样热闹。事实上，我并不那么擅长剪羊毛。这一次，我没有像往年一样，而是径直走进谷仓开始工作。农场里，我独自与羊儿相对，那一刻，我顿悟了剪羊毛的真正意义，即便这过程有些混沌不清，但我坚信不疑，且无以言表。羊毛油乎乎的，还有点扎人。

5月3日

世界一直在向世人展示它的不可持续性，或者更确切地说，任何事物都是不可持续的。我无法理解，为什么每个人都表现得若无其事，就好像已经有了什么伟大的想法，可以让我们大有作为。我一直在学习林业的相关知识，因为我继承了一片林地（总是有原因的）。皆伐[1]是导致地球上人类生命终结的因素之一。它并不引人注目，就像一张网，网上的线在悄无声息地磨损着，一根接一根。终有一日，刹那间，一切分崩离析，回天乏术。把皆伐当作一种林业技术，迟早会削弱生态关系和生态功能，使之无法相生相长。值得称赞的是，瑞典林业局已经加大投入，发展不使用皆伐技术的林业形式。如果你和林业局的人交谈，你会感到这种“皆伐的替代品”风头正劲，是人心所向。然而，据我所知，被划入改造计划范围的地区，乐观估计，还远远不到有生产力林地的百分之一。

①皆伐：在一个采伐季节内，将伐区上的林木全部伐除的森林主伐方式。

5月9日

我们开辟了一片全新的牧地。当然，这块地实际已经存在了几百年，只不过添了铁丝网和奶牛。我们改成了电子栅栏，这样，羊儿就可以进去和奶牛一起吃草了。奶牛是本地农民养的，他们在这里租了土地和一个谷仓。刚搬来的时候，我一直以为他们会在很多方面反对我们。但出人意料的是，他们对我们迥异的做事方式并没有异议，我猜，也许他们觉得我们改变不了大局。

5月11日

我不是天生的农民，但我正成长为一名农民，那种有点狭隘、有点孤僻、有点清高的农民，而不是农学家、农产品生产商或企业家。我有羊儿，别无他求。管他世界上发生了什么事……事实上，世界上有什么事情正在发生吗？

5月13日

农场上来了许多新成员。猪憨态可掬、亲和淳朴，很像我们人类（除了最喜欢喝脱脂牛奶这一条外）；马强壮有力，忠诚可靠，一点也不像我们人类（除了容易发疯这一条外）。但我对羊儿总有一种特殊的偏爱，爱他们身上那种气定神闲和坚忍谦和的特质。我在牧场里转了一圈。我本该检查一下电缆的张力，但我静立在羊儿中间，忘记了所要做的事。直到天色擦黑，我才不情愿地拖着脚步往回走，仿佛在内心深处，我依然想和他们待在一起。

5月16日

现在羊儿差不多能独立生存了。至少，只要栅栏完好，我根本不需要花多少时间去照顾他们。以前，春天和夏天（甚至包括秋天的某些时候），我总得不断地修复栅栏上的洞，为了羊儿，也为了我。现在，我们有了更好的对策。羊儿们对电子栅栏敬而远之，也许是源于对电的无知。但是，又有谁不是无知的呢？

5月23日

我想每天把羊羔清点一遍，可这并没那么容易。他们分散各处，又不停地走动，尤其当我靠近时，有的羊儿躲开了，有的则凑近我。我想起多年前在电视上看过的一个镜头，拍的是澳大利亚牧羊人数羊儿的事。

他们清点了几千只羊儿。当时我并没有看明白究竟是怎么一回事，但现在我突然意识到他们是怎么做的了。他们把羊儿赶到一个窄门前，这个门只能同时并排通过两只羊儿，当羊儿向前推进时，他们跑过大门的速度正适合清点。在我们这里，这一切无须人为，完全是自发的。如果大门打开了，羊儿就急着穿过大门去到新的草地。我把门打开一点，发现如果门开的宽度恰到好处，羊儿穿过的速度就正适合我清点：三十七只羊羔！

6月5日

我知道我接下来要写的东西有点陈词滥调，甚至不切实际，但每当我行走和思考的时候，这些念头就会涌进我的脑海里。也许我和羊儿的关系与我过往的经历息息相关，也许我在那些空灵的眸子里看到了我那久违的童年，也许这与我骨子里渴望的半文明半自然的环境如此接近。我在这里长大，我的父亲是这个农场的主人，我稚嫩的小脚曾踩在这些荨麻的祖先身上，也许我的脚底仍留存着对这些深刻经历的记忆。从小，我就有一种洞察力，能够洞察某些微妙的联系，你无法完全地感知这种联系，但对那些能用心感受的人来说，那却是真真切切的。可后来，我所接受的教育却与我自己的感受截然相反。这个世界以一种合乎逻辑的方式融合在一起，你通过接受教育和提高自己的专业水平来获得掌控感，而其他的想法一律被视作异想天开。我前半生的个人发展就像工业化本身：推崇理性、乐见发展、偏爱城市。如今，仿佛是羊儿们又带我找回了当年那个赤脚的自己，再次返璞归真，却黯然发觉，那些所谓的“璞”和“真”，实则纷繁复杂，千头万绪。

6月11日

我在读海伦·麦克唐纳的《海伦的苍鹰》[①]。她驯服了一只苍鹰，并借此从父亲骤然离世的伤痛中走出来，或许还摆脱了她毫无意义的学究形象。一开始，我不太理解驯鹰是为了培养一个狩猎助手。很难想象，一只捉来的鸟既保留着野生动物的所有技能，同时又对它的主人保持忠诚。我知道历史上确有此事，但以我们和农场里的动物的关系来判断，试图驯服捕食性动物有点不切实际。无论如何，海伦·麦克唐纳描述了她是如何出去寻找苍鹰的，以及她如何从她的车中走出来，就像离开藏身处的猎物。“虽然我对一切知之甚少，但我内心深处的某些东西在为我指引着方向。那古老的幽灵般的直觉，千百年来把肉体和灵魂捆绑在一起，如今控制了我的身体，让我在明亮的阳光下莫名感到不适，走错山脊会感到不安，虽不知何故，直觉却引着我绕过一个隆起的干草坡，到

①《海伦的苍鹰》：一本关于爱、成长和信任的书籍。讲述了海伦驯服苍鹰并将自己从失去亲人的悲痛中解救出来的艰苦历程。

另一处去寻觅：原来是一个池塘。”我能理解这种感觉。

在我和羊儿之间有一种东西，在世上存在的年代如此久远，远过我和羊儿的生命时长，远过这些灌木和树木，甚至远过书本和知识。苍鹰不得不学会从栖身处跳到主人戴着手套的手上，虽然它并不想这样。起先它只是坐在那里怒目而视，但后来神奇的事情发生了。“我的手受到了猛烈的撞击，巨大的冲击力沿着脊椎直传到脚趾尖，这种感觉类似用球棒击打人的手……她跨越了一个巨大的心理鸿沟，她的栖身处与我的手套之间的距离只有10英寸，而这个鸿沟的宽度远超于此。她不是落在手套上面，她视手套为无物。”这可能有点夸张，但我理解与自然直接接触的那种诱人的感觉。我想到羔羊刚出生就能准确地找到乳头。小小的孱弱的身躯几乎不能站立，更不用说辨别方向了。但是当它突然找到乳头的时候，吮吸的力量之大几乎是超自然的。羊羔很快就掌握了吃奶的技巧，比我当初学挤羊奶快多了。当你站在那儿，抱着羊羔凑近母羊的乳头时，你会感到那股不可思议的力量，它简直就是用生命在吃奶。

6月19日

我们赶着羊儿，沿着农场外柏油铺成的大公路前行。长路漫漫，但是我们，至少是带着狗的人，都很想看到汽车不得不停在一群羊儿中间等待的情景，把这当作一件令人开怀的趣事。在星期天，这条路上是没有人赶时间的。羊儿一向我行我素，从不把汽车和柏油路放在心上。有时我幻想着用阻碍交通的方式来表达对破坏大自然的一切行为的强烈抗议，也许把一大群动物赶到公路上就是个好办法。

6月22日

公羊们分散在通往树林方向的大牧场里。想要一只只清点，恐怕要走很多的路。况且我也不是每天都能找得到所有的羊儿。

6月24日

我妻子翻阅了我的日记，她问：“195后来怎样了？”我去别处查看了产羔期的准确记录——195:两只健康的羊羔。仅此而已，没有更多的信息。那年春天，一切都不太顺利，母羊的分娩过程意外频出。大自然总是深不可测。

6月25日

我是素食主义者，但我会吃自己养的羊儿。伦理道德并非简单的非黑即白。当我得知，在商店里那一排排的鲜肉柜台背后，动物们遭受了怎样残忍的虐待以后，我便不再吃肉了。虽然我也知道，动物是有神经系统和感觉的，肉是死者的遗体，是尸体的一部分。有一段时间，我甚至偏激地认为，吃动物简直跟吃人一样残忍。后来我养了羊儿，还养育了孩子们。那时我才发现，生活并不像想象中那么简单。我又开始吃肉了，但只吃那些我参与人道宰杀的动物。所谓最佳道德立场并不存在量化的评判标准。有些人认为是可以量化的，但是在对是非的衡量过程中，总有一个附加值，一个你无法真正把控的东西。就像爱一样。你不可能准确清楚地罗列出你爱某人的原因，否则，那就不是爱，而更像投资决策前的利弊权衡。

6月26日

今天我要腾出时间好好清点一下公羊的数量，并确保不出错。也许这是本地最纯粹的牧场。人们清理了大部分地区的林地，重新种上树，把耕地犁过并排干了水。而放牧地几乎一直保持原样，代代相同。牧场中央有一棵用某种铁架支撑着的老橡树，也许有两百年的历史了吧？地面多石，凹凸不平，不能种东西，但是草长得郁郁葱葱。我站在一块露出地面的岩石上，眺望几英里外的风景。如果我想炫耀我的生活环境（此举纯属假设），一定会选择这里。我已经一反常态地在这里待了半小时，公羊们觉得很奇怪，纷纷围过来一探究竟，所以我只要站在石头上，就能数清楚。

6月27日

起初，当我们实现了自给自足时，我们对这种崇高的生活方式充满了自豪感。久而久之，我就厌弃了这种想法。对我而言，选择做一名牧羊人并不需要任何理由，因缘际会，由心而生。修栅栏、备饲料……所有这些事都自然而然地做了。但旁观者却总是对此充满了好奇，他们会问：为什么？你亲手宰杀他们吗？会不会不忍心？你每天都得照顾他们吗？这不会让你感到束缚吗？我建议他们加入进来亲身感受一下，但他们多半只是想听我说一些冠冕堂皇的话而已。当问到关于修补隔离网或把羊儿抱到加热灯旁边的干草堆这类问题时，就算我能言善辩（我对此表示怀疑），也完全不知道该怎样回答才算得体。但我不能失了礼貌，所以就有问必答。如果我不想为我人生中的任何事情去辩护，那么我只需要有一份固定的工作，固定的住所，固定的朋友，不做任何出乎意料之事。讽刺的是，那样的生活其实会衍生出很多问题，因为你身处一个政治经济体制中，并且荒唐地享受这个体制带来的好处。而从生态系统的角度来看，这个体制意味着死亡和灭绝。对于世界上较贫穷的一半人口来说，这种体制就是纯粹的种族隔离。更有甚者，有些人，甚至可能是大多数人，居然限制世界上弱小贫穷地区的人进入本国，就好像认为大自然赐予的一切富余之物只能归他们所有似的。

6月28日

农场里开了一家小咖啡馆，墙上挂着几张羊皮，待价而沽。我坐在一角喝咖啡，突然有人认出了我："他就是牧羊人。"一个男人急切地问："这些羊皮是你的吗？"不知为何，我却怯于脱口而出一个"是"字。这种反应或许已经深深根植在几代牧羊人的观念里。在我们看来，把羊看作自己的私有财产是一种肤浅的、过度文明的认知。但是，没关系，如果羊皮卖出去了，或许我就是那个收钱的人。我们讨论了颜色、图案和质地，他连珠炮似的发问，我应接不暇。看他那谈吐不凡、自信满满的表现，倒好像比我还要内行。最后他甚至连价钱都出了，但貌似刚说出口，就后悔出得太高了。

6月29日

在我人生的某个时期，我认为文学是卓尔不群的，那些词句牵动着我们的思绪、观念和感情，触动我们的心弦。一部小说抑或只是一句话，就能让整个世界浮现在我们面前，初觉陌生，转瞬熟悉。而如今，我却常常感到，周遭发生的一切都诗意盎然。一只渡鸦在向着羊群啼叫，似乎在诉说着什么。渡鸦亦会老去，也许眼前这只就比我年长，也许它见证了我们与羊儿相处的这段岁月里农场的变迁。而当某个时刻来临，它一定也会飞落下来啄食羊尸。这就是在天地间自发而生的文学，不需要任何人的欣赏和认可，它不属于任何人，既不属于作者，也不属于读者。它自生自灭，每一个字句都来去自如。

6月30日

我打电话给县行政委员会。随着羊儿数量的增长，有一天定会超过限制，需要登记养殖活动。我有办法可以保持现状，但还是应该遵守规则。是的，没错。有一点很重要，把羊粪放在混凝土板的表面，这样，氮肥就不会渗到地里。我们的旧谷仓后面就有一个。一切顺利。

7月2日

我一直在考虑吃肉这件事。我曾是个真正的素食主义者，也许主要是因为吃肉看起来又粗俗又贪婪。在我们的消费文化中，一切仿佛都源源不断唾手可得。我们从不知匮乏为何物，吃肉这件事就是个典型的例子。人类为了追求奢侈和富余的生活，随心所欲地对动物进行大规模的工业养殖和屠宰，这显然是不对的。尤其是当你被误导成一个素食主义者，却发现仍然过着同样浮躁的生活时，不免有点可悲，但至少你努力过。我搬到乡下，养了羊儿，这样我就可以摆脱享乐主义的噩梦。但至今收效甚微。我仍然过着富余的生活。冰箱里的肉吃完了，我就去超市买。将来，我可能会因此受到惩罚，但我对此无计可施。我暗自希望，所有用钱可以轻易买到的日常生活中的舒适和方便都化为乌有。如果除了这片土地、这些牧场和这群羊儿以外，我一无所有，如果地球上的人类在大部分时间里过着这样简朴的生活，那么屠宰和吃肉就与道德或可持续生活方式毫无关系。这只是一种生存方式，仅此而已。

太阳、风、水、大地、生物，以及一小段栅栏，以最自然的方式融为一体，唯有上帝之手方能碰触。或许，任谁都无法撼动。

7月4日

如我所言，我正在变成一个自给自足的农民，但我常常忍不住思考，在这个世界上，我究竟位居何处。并非我多重要，而是因为无论是我，还是其他任何一个人，都只是人类这个大群体中微不足道的一个个体。几周前发生的那件可怕的意外事故深刻地诠释了何为“群体中的个体”。当时，我迫不得已，当着孩子的面射杀了一只小羊。但我觉得羊妈妈、母羊、小羊的同伴，还有我的孩子都不会为他悲伤。这是实情，并非我的刻意淡化。那一天，我们发现一只小羊已经被我们的一匹马踩踏得奄奄一息，万不得已，我只能用结束生命的方式来结束他的痛苦。我们没有亲眼看到事情的起因，但一切可想而知。几天前，我们让羊儿进了马场，羊羔天性好奇，他们会一次次凑到马跟前，去试探马的底线，直到马被激怒，把他们赶走。这只小羊大约是太鲁莽了，他绕着马的腿跑，结果被踩到了马蹄下。当我到现场时，他瘫在一个小洞里，已经站不起来了，一条前腿不自然地弯曲着。我试着扶他站起来，但他晃了晃身子，再次跌倒，四肢无力地伸展着。孩子们在一旁逗弄马。他们看见了我和小羊。“我只能打死他了，”我说。当我拿着枪回来的时候，孩子们正围在小羊身边。“我们也无能为力了，大家退后。”我射中了小羊的后脑勺。孩子们走过来，目睹了鲜血从小羊的嘴里流出来。这便是他们不得不面对的一个生活的真相吗？我不知道。我女儿回到马那里，我的一个儿子帮我把小羊带走。我们把他放在一个塑料垃圾袋里。第二天，我就把他埋了。我不想让这件事轻描淡写地过去，我觉得应该从错误中吸取教训。当然，对于死去的小羊来说，这不是一种经验，这只是死亡，仅此而已。而对整个羊群来说，这是一个重要的教训：千万不要招惹马。这样，羊群就不会哀悼失去的个体，它感到的只是局部的痛楚。这是一个会引起疼痛的伤口，但它会愈合，而羊群会继续生存下去，更加强壮，更加充满活力。

7月23日

多日无雨，牧场日益干枯。羊儿咩咩地叫个不停。我走进牧场的时候，他们纷纷围拢过来，眼巴巴地望着我，那阵势就像是在要求我下雨似的。

9月10日

这个地区的自然环境并没有很天然。森林、田野、草地、湖泊、河流、运河、道路和建筑，你与他们越熟悉，你就会越清晰地看到，一切都与人类活动紧密地交织在一起。从古至今，从未改变。对这里的大自然来说，很难确定什么是天然的。在你目所能及的现代文明之下，还有一代又一代的人类活动中，共同塑造了眼前的环境。因此，你无须憧憬或幻想重建所谓的纯天然环境，这是毫无意义的。在我看来，在此地，牧羊对自然的负面影响微乎其微。这是一片沃土，可以轻松养育这些适应力强、繁殖力弱的羊儿。每当我和羊儿在一起，看到他们在牧场和树林里吃草、走动、觅食的样子，就会恍惚洞见些许历史和自然的痕迹。我在想，在长达数千年的时光里，羊儿的个性是怎样一点点演变成了如今的样子的。但是，也许这根本与时间和历史无关。自始至终，羊儿始终是最初的样子，就如此时此地在我面前的样子，他们只是善用环境，随遇而安。我们的第一只羊儿来自200英里（约322公里）外的韦姆兰。后来，我们还从更远的地方引进了几只公羊。无论是从基因上，还是传统上来说，他们都与这片土地毫无关系，但他们以一种无比真实的方式与农场联结在一起，靠农场维生。

9月11日

我尽量不去在意他人对我的赞赏和认可，不知道为什么，也许是因为从自我关怀的角度来看，这是合乎逻辑的。如果你过于在意他人的评判，你的情绪和自我意识会像你身处的环境一样善变。但是逻辑真的是我们人生的助力吗？也许是我有些拘谨，不善于与人分享体验和感受。几年前，那时的我还没什么经验，养的羊儿也不多，而正是羊儿的一个举动让我坚硬的外表变得柔软起来。那一天，有两个工人，好像是电工，在谷仓后面干活儿。那天早上，他们很早就到了，熟练地忙碌着。孩子们上学后，我就过去与他们交谈。突然，在3英尺（约0.9米）开外，栅栏的另一边，所有的羊儿都冲着我咩咩地叫起来。一个工人说：“他们认出你了，他们对我俩一直不理不睬。”瞬间，我感受到了那份温暖的关注，受宠若惊。

9月12日

如果你不经常去看看羊儿，他们就会变得越发狂野，横冲直撞，难以驾驭。但是，教他们安分守己也不难。

按照传统，我一直认为，羊儿和其他家养动物一样，在一年中的大部分时间里都可以自我管理。也许在夏天，让羊儿自由活动会更合算，这意味着每磅肉需要付出较少的工作时间。嗯，我猜你就是这样计算的。

9月13日

我们又买了几只羊。说是买的，其实是斯德哥尔摩的一个4H[①]农场给我们的。这些小可怜其实并不是我们最喜欢的类型，我们农场看重的是体形适中、皮毛漂亮的羊儿，但大家也都欢迎他们的到来。其中，喜欢跟年轻母羊待在一起的那只羊儿今天逃走了。她独自一人在牧场边的路上游荡。羊儿独自出逃这种事并不常见。她心力交瘁，想再回来，但找不到她敢跳过去或强行通过的地方。我们想把她关在花园里，她却从我们身边溜过去了。第二次，她中了我的圈套，想直接从我身上跳过去，我奋力在半空中捉住了她。你知道抓住一只快失去理智的羊儿是什么感受吗？简直不堪回首。最初的那一年，发生了很多事。羊群很小，所以羊儿更急躁，更不稳定，更容易逃跑。坦白说，我甚至有点怀念那段日子。我抱着羊儿走向栅栏，有很长一段时间，我没有这样抱着羊儿过栅栏

①4H即Hand（手）、Head（脑）、Health（身）、Heart（心）的简写。顾名思义，这种教育强调“手、脑、身、心”的和谐发展。它起源于20世纪初，是当时美国本土的一个草根性的组织——乡村俱乐部，只有农场子弟参加。

了。这是个小不点儿，大概是羊群中最小的那只。如今，我们的羊儿大都是与生产品种杂交的，所以体形更肥，到了9月的这个时候，是不可能自己越过栅栏的。我记得一个古老的技巧：把羊从我身边猛地推开，让她的肚子越过栅栏飞过去，四条腿着地，这样她就不会受伤。虽然我觉得羊儿在这么低的高度上不会伤到自己，因为在某些方面他们的身体像猫一样敏捷。但是，总不能把他们像一袋土豆一样往草地上一扔，这样太粗鲁了，显得没有礼貌。

9月16日

干旱仍在持续。羊儿开始啃食荨麻的顶部，他们只能如此。但他们会挺过去的，他们很强大。

9月25日

栅栏完好，供水正常，盐和矿物质到位。没有什么可抱怨的。当我走近时，羊儿就走开了，但有一只母羊躺在那儿，像一棵老松树一样平静。是018号，她总是那样平易近人。

9月30日

农场上，光阴流转，时过境迁，一切都在悄然变化着，或许这是不可避免的吧。我们开始考虑靠羊儿来赚钱。我们会扩大养殖规模，成为官方认可的屠宰场。我们越来越像真正的农民。一方面，你必须经济独立，不能成为社会的负担；另一方面，原则上，你可以靠制造核武器或色情作品来养活自己，连你本人都可能被算作国家的一项资产。你彷徨四顾，茫然不解，想知道这一切究竟有什么意义，同时又对一切心怀疑虑。久而久之，壮志全无。

10月1日

这些天来，我们把养羊儿这些事安排得越来越合理，把责任划分开来。我只需查看他们是否还活着，最好是远远地看上一眼。

还有很多别的事情要忙。尽管他们总想出逃这件事着实令人恼火，但也正是这些冲突将我们紧密地连接在一起。整日与羊儿厮混，让我找到了自己的位置，我的生活变得更鲜活，更有意义。商业化养殖毫无意义。有利可图，但毫无意义。

10月18日

我不得不承认，我们的养羊之道已经悄然改变。生活在继续，在前行的路上，我们必须去尝试，去感受，去改变。我围着谷仓旁边的小羊圈踱步。羊儿们警觉地观察了我一会儿才继续吃草。即使那些生命中几乎每天都会在这里与我相见的老母羊，似乎也有片刻在怀疑我是捕食者，或是别的危险分子。我怀念与羊儿相识之初的那些时刻，我们相伴而立，目光相接，心意相通。而现在，与羊儿的相处更像是公事公办，我们对这种转变却无能为力。我说不清我们究竟失去了什么，但那种做一个纯粹的牧羊人，将自己与羊儿的生活融合在一起的力量似乎在渐渐消逝。就像是，如果羊羔无法从母羊那里吸取到乳汁，他就会与母羊渐行渐远。然而，我们与羊儿以及他们那种纯朴生活方式之间的牵绊依然存在。栅栏、草地、咩咩声、沉思……依然如昨。商业化的养殖也许会剥夺我的时间和精力，却无法剥夺我的思想。

10月19日

负责放羊的伙伴不喜欢018，她总是攻击牧羊犬，于是他想宰了她。如果我们想少点麻烦，就不能让这不安分的基因遗传下去。我走进牧场里，018向我走来。我弯下腰，对着她轻声耳语：“我保证，他们不会得逞的。”

Counting

Sheep

译/者/后/记

Postscript

夏日的午后，房间里开着空调，却仍挡不住心头的燥热。窗外有鸟叫，有蝉鸣，却时常淹没在一阵阵的装修声和机车的轰鸣声中。从什么时候起，都市里再难聆听到那纯粹的自然之声？我多想也能坐在绿草茵茵的山坡上，观风吹草低，望云卷云舒，在大自然的四季流转中，体会另一种人生哲学，就像案头的这本《我的牧羊日记》中的主人公那样。

《我的牧羊日记》出自瑞典作家之手，漂洋过海来到中国，我有幸成为它的译者，先睹为快。对大多数人来说，牧羊人只出现在童话中或电视里，与现实生活有着遥不可及的距离。而本书的作者，原本也如你我一样，困守在都市一隅，只不过，当你我还执迷于眼前的苟且时，他早已选择了诗和远方。从一名大学教授到一名乡下牧羊人，他经历了怎样的心路历程？这本日记里记录了他的迷茫、执着、快乐、悲伤以及不时涌现的哲思。作者与羊儿相嬉相伴、斗智斗勇，目睹新生命的降临，亲手触摸羊儿的生死，体验羊儿与自然之间的和谐共生，同时，又深刻反思了人类的欲望和贪婪对大自然的破坏，对人类的前途命运发出了警示。

当你翻开这本日记，你会听到羊儿咩咩的叫声，风吹草木的沙沙声，你会闻到清新的空气和泥土的芬芳，你会看到那蓝天白云下，一望无际的牧场上，一群羊和一个在天地间静静伫立的牧羊人。

当你读完这本日记，掩卷的那一刻，你会不由自主地陷入沉思：我们该怎样去生活，怎样去思考，怎样在兼顾自身发展的同时，与大自然握手言和。

图书在版编目（CIP）数据

我的牧羊日记 / (瑞典) 艾克瑟·林登著；马学燕译.— 南昌：百花洲文艺出版社, 2019.11
ISBN 978-7-5500-3398-6

Ⅰ.①我… Ⅱ.①艾… ②马… Ⅲ.①日记—作品集—瑞典—现代 Ⅳ.①I532.65

中国版本图书馆CIP数据核字(2019)第210356号

江西省版权局著作权合同登记号：14-2019-0259

我的牧羊日记
WO DE MUYANG RIJI
〔瑞典〕艾克瑟·林登 著　马学燕 译

出品人　李国靖
特约监制　夏　童
责任编辑　刘　云　黄文尹
特约策划　凉小小
特约编辑　凉小小
装帧设计　小茜设计
封面绘图　lost7
版权支持　韩东芳
出版发行　百花洲文艺出版社
社　　址　南昌市红谷滩世贸路898号博能中心I期A座20楼
邮　　编　330038
经　　销　全国新华书店
印　　刷　嘉业印刷（天津）有限公司
开　　本　787mm×1092mm　1/32
印　　张　5.25
字　　数　30千字
版　　次　2019年11月第1版第1次印刷
书　　号　ISBN 978-7-5500-3398-6
定　　价　49.80元

赣版权登字：05-2019-250

发行电话 0791-86895108
网　址 http://www.bhzwy.com